U0457105

浪花朵朵

大作家写给孩子们·**桥梁书版**

跳 水

[俄]列夫·托尔斯泰 著

[苏]阿列克谢·帕克霍莫夫 绘

刘原希 译

中国中福会出版社

目录

小　猫

　　曾经有一对名叫瓦西亚和卡提雅的兄妹，他们养了一只猫。然而这只猫在春天失踪了。两个孩子四处寻找，却还是一无所获。

　　有一天，他们在谷仓附近玩耍，突然听见头顶传来细微的猫叫声。于是瓦西亚顺着梯子爬上了干草棚。

卡提雅站在下面不停地问："找到它们了吗？你找到它们了吗？"

但是瓦西亚没有回答。最后，他终于大喊道："我找到它们了！是我们的猫！它生了小猫！它们太可爱了！快上来！"

卡提雅飞奔回家，为猫拿了些牛奶。

那里一共有五只小猫。等它们稍微长大了一点，并且开始从出生的角落往外爬时，这对兄妹便选了一只长着白色爪子的灰色小猫，把它带回了家。他们的妈妈将其余的小猫都送了人，但是为了孩子们，她留下了这只灰色小猫。孩子们给小猫喂食，和它一起玩耍，也和它一起入睡。

有一天，他们带着小猫去外面的路上玩。

风吹打着沿路的稻草。小猫一直在玩那些稻草，逗得兄妹俩哈哈大笑。不久，他们被路边野生的酸模吸引了，转身就去采摘，完全将小猫抛于脑后。

突然，他们听到有人大喊："退后！退后！"然后看到一个猎人正朝着他们骑马而来，身前跑着他的两条猎狗。两条猎狗立刻就发现了小猫，想要抓住它，然而这只傻乎乎的小猫并没有逃走，反而蹲了下来，拱起后背，就这样瞪着眼前的猎狗。

猎狗把卡提雅吓坏了，她尖叫着转身就跑。瓦西亚却向小猫冲了过去，像猎狗一样把小猫抓到了手里。

　　猎狗正要从瓦西亚手里抢夺小猫，瓦西亚立刻扑倒在路上，用自己的身体保护小猫。

接着，猎人飞驰过来，将他的猎狗赶走了。瓦西亚带着小猫回到了家，从此以后再也没有带它出去过。

女孩和蘑菇

两个女孩走在回家路上，她们刚从森林里采摘了满满几篮蘑菇。

铁道是回家的必经之路，她们要横穿铁轨。

她们认为火车距离应该还很遥远，于是越

过了路堤，跳上了铁轨。

突然，她们听见不远处传来了火车的声音。年长一点的女孩立刻从铁轨上跳了回去，而她的妹妹还在向铁轨的另一边跑。

姐姐大声朝妹妹喊道："别回头，继续跑！"

但火车越来越近，轰鸣声也越来越大，妹妹根本没有听见姐姐的话。她误以为姐姐要她返回，于是调转了方向，却因此绊倒在了铁轨上。篮子打翻了，她立刻去捡那些撒了一地的蘑菇。

火车已经近在咫尺，驾驶员尽他所能地拼命拉响汽笛。

这时，姐姐大声喊道："不要管那些蘑菇

了!"但是妹妹误以为姐姐是叫她快点把蘑菇都捡起来,于是继续趴着身子捡蘑菇。

驾驶员没有办法让火车及时停下。在一阵尖锐的汽笛声中,火车从小女孩的身上开了过去。

姐姐崩溃地大叫哭泣。所有乘客都向车窗外看去,而列车长立刻跑向车尾,去查看小女孩的情况。

火车呼啸而过,所有人的目光都聚集在了脸朝下趴在铁轨中间的小女孩身上,她一动也不动。

接着,只见她抬起了头,跪起身来捡起了蘑菇,然后跑向了她的姐姐。

※ 编者注：通过铁路道口时，应当按照交通信号或者管理人员的指挥通行，切勿擅自通过。

李子核

　　妈妈给孩子们买了一些李子当甜品。李子被放在了一个盘子里。万尼亚从来没有吃过李子，他不停地闻着李子的香气。这些李子看起来非常美味，他迫不及待地想要尝一尝。他绕着盘子转来转去，等房间里没有其他人了，他再也抵抗不住诱惑，偷偷地从盘子里拿了一个李子，吃了下去。晚饭前，妈妈数了数盘子里的李子，发现少了一个，于是转身告诉了爸爸。

晚饭时，爸爸问道："孩子们，有谁吃了一个李子吗？"

孩子们异口同声道："没有。"

万尼亚的脸变得像甜菜一样红，但他也回答道："不，我没有吃。"

爸爸继续说："不管是谁吃了李子，都是不礼貌的。但眼下最重要的问题不是这个。每个李子里都有李子核，如果有人不知道怎样食用李子，误食了李子核，那么他就会在第二天死去。这才是我现在最担心的。"

万尼亚瞬间脸色苍白。他说道："哦，我已经把李子核从窗户扔出去了。"

话音刚落，所有人都哈哈大笑起来，只有万尼亚在一旁抽泣不已。

小　鸟

　　谢廖扎在生日那天收到了各式各样的礼物：上衣，小木马还有图画书。但是最令谢廖扎开心和满意的礼物，当属他的叔叔送给他的捕鸟网。

　　一块固定在框架上的小木板，在其之上有一个网。把谷物撒在小木板上，再把小木板架在院子里，当有小鸟飞来，落在小木板上时，小木板便会翻过来，网也会掉下来。

　　兴高采烈的谢廖扎跑向妈妈，给她展示他的新礼物。

　　妈妈说道："这不是什么有趣的玩具。你想捕来那些小鸟做什么呢？你为什么想要折磨它们呢？"

　　"我会把它们放进鸟笼里。它们会唱歌，而我会喂养它们。"

　　谢廖扎拿来了一些谷物撒在小木板上，把网在院子里布置妥当，然后他就站在一旁，等待着小鸟飞下来。但是小鸟都害怕他，不敢靠近网。

到了回屋吃晚饭的时间，谢廖扎没有将网收起来，就那样留在了院子里。吃完饭，他惊奇地发现网掉了下来，有一只小鸟被困住了。谢廖扎很兴奋，他捉住了小鸟，把它带回了屋子里。

"快看啊妈妈！我抓到小鸟了！这一定是一只夜莺。天哪，我能感受到它的心脏跳得有多快！"

妈妈说道："这是一只黄雀。快别折磨它了，放它走吧。"

"不！我会好好照顾它的。"

　　谢廖扎将黄雀放进了鸟笼。在接下来的两天里，他喂它谷粒，给它换水，并且清理笼子。然而到了第三天，他就已经忘记了黄雀，也忘记了给它换水。

　　这时，妈妈对他说道："你看，你已经把

你的小鸟完全抛于脑后了。还是把它放了吧。"

"不！我不会忘记的。我现在就去换水和清理笼子。"

谢廖扎把脸贴在笼上开始清理，但是黄雀受到了很大的惊吓，它用翅膀狠狠地拍打着笼子。谢廖扎清理完毕，便转身去给黄雀换水。

妈妈发现他忘了关上鸟笼的门，在他身后说："谢廖扎，把鸟笼的门关上！不然你的小鸟会飞出来，伤到它自己！"

话音未落，黄雀已经发现了敞开的门，开心地振翅飞出了鸟笼，穿过了整个屋子，向着窗外飞去。然而它没有看到窗户上有玻璃。它一头撞在了玻璃上，重重地掉在了窗沿上。

　　谢廖扎立刻飞奔过来，小心翼翼地把黄雀捧在手心，将它放回了笼子。此时的黄雀还活着，但是它趴在笼子里，断断续续地呼吸，连翅膀都没力气收回去。谢廖扎大哭了起来。

　　"妈妈，我该怎么办啊？"

　　"现在你什么也做不了了。"

　　那一天，谢廖扎没有离开房间一步。他一直注视着那只黄雀。它还跟先前一样，脸朝下趴着，断断续续地呼吸。那天晚上，在谢廖扎上床睡觉之前，黄雀依旧是活着的。谢廖扎迟迟无法入睡，一闭上眼睛，脑海里就是黄雀趴在那里喘不上来气的样子。

　　第二天一大早，谢廖扎一醒来就跑到笼子

旁边，他发现黄雀仰面朝天地躺着，两爪蜷缩。它死了。

谢廖扎再也没有抓过一只小鸟。

说谎的人

    有一天，一个小男孩正在放羊。突然间，他大叫起来，就好像看见了一头狼似的："救命啊！狼来了！狼来了！"

村里的人闻声立刻向他跑去，却发现小男孩不过是在捉弄他们。小男孩没有就此罢休，反而故技重施了两三次。然而这时，狼真的来袭击他的羊群了。

小男孩开始大声呼救："快来人啊！快来人啊！狼来了！"

但是村民们以为这又是小男孩的恶作剧，都没有理睬他。

狼见没有任何危险，就这样咬死了小男孩全部的羊。

两个朋友

　　两个朋友结伴穿越森林，途中遭遇了一头熊的袭击。其中一人立刻转身落荒而逃，在他身手敏捷地爬到树上时，另一个人还在地面上。地上的人没有任何办法，只好倒地装死。

　　熊凑上前来，嗅来嗅去，他只得屏住呼吸。

　　熊仔细嗅了嗅他的脸，认定这个猎物已经死去，于是从他身边缓缓走开了。

　　当熊终于走远后，树上的人跳了下来，微笑着问他的朋友："那头熊悄悄对你说了什么？"

"它说，如果一个人在遇到危险时抛弃他的朋友独自逃跑，那么他一定不是一个值得交往的人。"

天　鹅

　　一群天鹅正在从寒冷的北方向南方迁徙。它们要横跨大海。一天又一天，它们已经这样毫无停歇地飞了两天两夜。空中挂着一轮满月，天鹅们就着月光，可以看清下方遥远的、暗沉的大海。尽管它们非常疲劳，但依旧没有停下来休息，而是继续向前飞着。年长而强壮的天鹅在前面领路，年轻而体弱的天鹅则跟随着前进。一只年幼的小天鹅飞在队伍的最后，它的体力逐渐消耗殆尽，它用力地拍打着翅膀，但是感觉再也飞不动了。于是它只得展开翅膀，向下滑行，离海面越来越近，而它的伙伴们越飞越远，直至在月光中变成了星星白点。小天鹅落在海面上，收起了翅膀。海浪轻轻地拍打着它。此时的天鹅群已然像是明亮夜空中的一道光痕，而天鹅们拍打着翅膀的声音，就算是在如此寂静的夜晚，也已经几乎听不到了。当它们从视野中消失时，小天鹅向后仰起脖子，闭上了眼睛。它一动也不动，任凭上下波动的海浪摇晃着它浮来漂去。破晓时分，一阵微风拂过水面，将一朵朵水花溅在小天鹅雪白的胸前，它睁开了双眼。红色的曙光正在划破东边的天空，月亮和星星逐渐消失不见，小天鹅叹了一口气，挺直了脖子，拍打着翅膀起飞。它轻轻掠过水面，一飞冲天。小天

鹅越飞越高，直到海面已经非常遥远时，它便
调转方向，朝着温暖的南方大陆飞去。它独自
飞过了神秘的海域，向着同伴们前行的方向
飞去。

大　象

　　有一个男人养了一头大象，但是他不仅从来不给它足够的食物，还让它日夜不停地干活。终于有一天，大象不堪忍受，暴怒地踩死了自己的主人。男人的妻子见状，低头抽泣了

起来。她将自己的孩子们带到大象面前，把他们推到大象的脚边，说道："大象！你已经杀死了他们的父亲，现在把他们也杀了吧。"大象低头看了看孩子们，温柔地用象鼻将最年长的男孩举了起来，并轻轻地放在了自己的背上。从那以后，大象只听从这个男孩的命令，只为他干活。

麻雀和燕子

有一天，我正待在院子里，看着屋檐下的一个燕子巢。就在这时，巢里的两只燕子都离巢飞走了。

两只燕子离开后不久，一只麻雀从屋顶飞了下来，落在了燕子巢边。它谨慎地看了看四周，之后就跳了进去，然后将头伸出巢，开始叽叽喳喳地叫。

不久，一只燕子回来了。正要回巢时，它看见了这位客人，于是它叫了一声，拍了拍翅膀就飞走了。

麻雀依然待在巢里，叽叽喳喳地叫着。

突然间，四周出现了一小群燕子，每一只都上前看了看巢里的麻雀，然后又飞走。

麻雀一点也没被吓到。它脑袋一歪，继续叫了起来。

燕子们再一次飞向巢边，看了看麻雀，又飞走了。

燕子们这么做是有原因的：每一只飞上前去的燕子，嘴里都衔着一块泥，它们齐心协力，一点点地把燕子巢的出口堵了起来。

　一遍又一遍，它们飞来飞去，燕子巢的出口越来越小。

　一开始还可以看见那只麻雀的脖子，然后只能看见它的头，接下来只能看见它的喙，最终什么也看不到了。就这样，这群燕子把麻雀彻彻底底地关在了巢里。然后它们飞走了，在房子上空盘旋，发出尖锐刺耳的叫声。

海　鹰

　　一只海鹰在远离大海的路边树上筑了巢，孵化了小海鹰。

　　有一天，一群人正在树下干活时，海鹰正好飞回鸟巢，爪子里抓着一条大鱼。这群人看见了大鱼，便围在树下，开始大喊大叫地朝着海鹰扔石头。

海鹰的爪子一松，鱼掉了下去。一个男人上前将鱼捡起，人们也散开了。

幼鸟们看见海鹰降落在鸟巢边上，纷纷抬起了头，叽叽喳喳地叫着讨食。

然而精疲力竭的海鹰已经没有力气再一次飞去海边捕鱼了。它待在鸟巢里，伸出翅膀搂住它的孩子们，轻轻地抚摸它们，为它们整理羽毛，仿佛是在告诉孩子们，再等一等。然而它越爱抚孩子们，孩子们叫得越大声。

于是海鹰展翅飞离鸟巢，飞上了最高处的树梢。

　　然而幼鸟的哭叫声变得更加可怜了。

　　突然间，海鹰发出了撕心裂肺的叫声，然后拖着疲惫的身子飞向了大海。

　　海鹰回来时已然是深夜。它飞得很慢，离地面很近。这一次，它的爪子里也抓着一条大鱼。

马上就要降落时，海鹰仔细地看了看周围是否还有人类，然后它迅速收起翅膀，落在了鸟巢边上。

幼鸟们纷纷仰起头，张开嘴，海鹰把那条大鱼撕成小块，喂给了自己的孩子们。

鲨　鱼

　　我们的船停在非洲海岸线附近。那天的天气很好，海面上吹来轻柔的海风，然而快到夜间的时候，天气变得闷热不已。来自撒哈拉的热空气扑向我们，就好像是从烤炉里扑出来的似的。

　　就在日落前不久，船长站在驾驶台上大声宣布："你们可以去游泳了！"话音未落，几个水手立刻跳入海里，他们快速拉下了风帆，用它围成了一个游泳池。

　　船上有两个男孩，他们率先跳入了水里。不过他们觉得在风帆围起来的地方游泳不够自

在，于是决定去开放的海域里比赛。

在船锚上方，一个水桶在海面上沉浮摆动，两个男孩以此为起点破水而出。

刚开始，其中一个男孩遥遥领先，但是不久就被反超了。这个男孩的父亲——一位老炮手——正站在甲板上骄傲地看着自己的儿子，当男孩落后时，他大喊道："快点游啊，快！"

突然间，甲板上有人高声喊道："有鲨鱼！"接着，我们所有人都看见了那个怪物的三角鳍。

只见鲨鱼径直朝着两个男孩游去。

"快回来！回来！有鲨鱼！"老炮手大喊

大作家写给孩子们

·桥梁书版·

从世界文学经典开始，
迈出独立阅读第一步！

全9册
平装版
幼小衔接适读

为什么要让孩子读这套桥梁书？

- 专为 6-8 岁儿童打造
- 篇幅短小 版面疏朗
- 图文比例 接近 1:1 或 2:1
- 符合儿童 阅读与学习 发展规律
- 轻松获得 10 万 + 阅读量
- 大师级 插图
- 诺贝尔 文学奖
- 世界文学 巨匠
- 多种体裁 丰富主题
- 凯迪克 大奖

培养独立自信阅读小达人

《骆驼为什么有驼峰》

《豹子为什么斑点多》

《大象为什么鼻子长》

吉卜林 诺贝尔文学奖得主

选自吉卜林的《原来如此的故事》，童话版《十万个为什么》，充满奇思妙想和异域风情。

《小狗白星》

契诃夫

世界三大短篇
小说家之一

小狗遇见饿狼、男孩们"勇闯"美洲，2 篇扣人心弦的冒险故事，结局让人出乎意料。

《鲁滨逊漂流记》

丹尼尔·笛福（原著）
欧洲小说之父

伊丽莎白·摩尔（改编）
擅长故事新编的
英国作家

跌宕起伏的荒岛之旅，险象环生的救援行动，和鲁滨逊一起踏上奇妙征程！

《红色山丘》

比安基

苏联大自然儿童
文学奠基作家

5 篇童趣盎然又不失知识性的科学童话，走进生机勃勃的大森林，探索大自然的奥秘。

《留在鞋里的六个家伙》

帕德里克·科勒姆

爱尔兰文学大家

一座空荡荡的鞋屋，6 只被留下的动物，一场妙趣横生的寻家大冒险！

《猫头鹰和小猫咪》

爱德华·李尔

荒诞诗第一人

18 首诙谐幽默的"无厘头"小诗，打破常规，放飞想象！

《跳水》

列夫·托尔斯泰

俄国文学三巨头之一

13 个跌宕起伏的故事，充满童趣与想象，关乎机智、果决、真诚和善良。

大作家写给孩子们

精选世界大文豪献给孩子的文学经典

领略大家文风，构筑写作思维
提升文学素养，丰富精神世界

道。但是两个男孩根本没有听见老炮手的声音。他们继续向前游着，大声欢笑，比刚才更加开心。

此时的老炮手脸色惨白，他一动不动地站在甲板上，紧紧地盯着两个男孩。

这时，水手们放下了一艘小船，他们跳了上去，抓起船桨朝着男孩们飞速划去。可水手们离得还是太远了，而那条鲨鱼距离男孩们只有约十五米了。

最初，男孩们既没有听到船上众人的喊叫声，也没有注意到附近的鲨鱼。然而，当其中一个男孩回头看时，我们都听到了他惊恐的尖叫声。两个男孩立刻分散游开。

　　男孩的尖叫声瞬间使老炮手恢复了理智。
他立刻转身跑向炮台。他蹲下，瞄准，点燃了
引火线。

　　甲板上的所有人都静止了，等待着接下来要发生的一切。

　　炮弹打了出去。只见老炮手倒在一旁，双手紧紧地捂住自己的脸。在炮弹爆炸后的漫天烟雾中，我们无从得知男孩们和鲨鱼的情况。

　　然而，当烟雾逐渐散开后，只听见所有人都在窃窃私语。人们的音量越来越大，最后，我听到了一声惊呼。

　　老炮手将手从脸上拿开，缓缓地站了起来，望向海里。

　　只见鲨鱼黄色的肚皮正随着海浪上下沉浮。几分钟过后，小船赶到了男孩们所在之处，将他们接了回来。

跳　水

　　有这样一艘船，它历经艰难险阻，终于完

成了周游世界的目标，踏上了回程路。那是风

平浪静的一天，所有人都待在甲板上。一只体

形硕大的猴子在人群中跳来跳去，它的一举一动惹得大家开怀大笑。猴子时而上蹿下跳，时而朝着大家做鬼脸，时而又模仿起人类来。它似乎知道船上的人很喜欢自己这一系列的举动，于是表演得更加卖力了。

它朝着船长儿子的方向跑去，一把抢过了他的帽子，戴在了自己的头上，然后立刻跳上了桅杆。这引得众人哈哈大笑，然而丢了帽子的小男孩却是哭笑不得。

猴子在第一节桅横杆上停了下来，从头上摘下了抢来的帽子，接着手口并用地撕扯了起来。它仿佛是在故意戏弄小男孩似的，一边指着他，一边冲他做鬼脸。小男孩生气地大声呵斥猴子，还冲它挥了挥拳头，然而这威胁却让它撕扯得更起劲了。甲板上的水手笑得更大声了，小男孩却气得满脸通红。他脱下外套，扔在一边，然后跳上了桅杆，想去追猴子。小男孩手脚敏捷，转眼之间，他就已经抓着绳索爬上了第一节桅横杆。可当他离自己的帽子只有一步之遥时，身手比他还要敏捷的猴子立刻向更高的地方爬去。

"我非抓到你不可！"小男孩一边大喊，一边朝着猴子的方向爬去。

猴子又一次挑衅了小男孩，并且越爬越高。小男孩已经被愤怒冲昏了头脑，也随着猴子爬向了更高的地方。于是，不一会儿，他们

就已经接近了桅杆的最高处。猴子充分发挥着它灵巧的特性，用一只脚抓着绳索，伸手把帽子挂在了最后一节桅横杆的顶端，然后手脚并用地爬上了桅杆的最高处，还对着小男孩龇牙咧嘴地大笑。从小男孩所处的位置到挂着帽子的桅横杆顶端大概有一米远，想要顺利拿到帽子，小男孩除了松开手中的绳索和桅杆之外别无他法。

然而小男孩此时已经气得无法思考。他松开手，跳上了桅横杆。甲板上的众人本来还因为小男孩和猴子之间的追逐战而笑得前仰后合，但是当他们看到小男孩松开绳索跳上桅横杆，并且展开双臂试图保持平衡时，都吓得噤了声。

此时一旦小男孩踩空一步，他就会摔死在甲板上。然而即便他能顺利取回帽子，想要再走回桅杆上也几乎不可能。在一片寂静中，所有人都屏息凝神地看着小男孩的一举一动，看接下来会发生什么。

突然，甲板上有人惊恐地哭叫起来，这也终于让小男孩找回了理智。他向下看了看，身体开始不由自主地摇晃了起来。

就在此刻，他的爸爸——船长——从船舱里走了出来。他手里拿着一杆枪，原本是准备去打海鸥的。他看到了桅横杆上的儿子。他立刻端起枪，瞄准了小男孩，大声吼道："跳进水里！立马跳进水里，不然我要开枪了！”

小男孩瑟瑟发抖，但不明白是什么意思。

"快跳！不然我要开枪了！一、二……"
在爸爸数到"三"的那一刻，小男孩纵身跳了
下去。

他像石头一样掉进了海里。几个水手也立
刻从船上跳进了海里。短短四十秒内，小男孩
浮上了水面。水手们抓住他，把他拖上了甲
板。片刻之后，海水从他的鼻子和嘴巴流出，
小男孩重新又大口呼吸起来。

船长看见这情景，突然大喊了一声，立刻
转身走回了船舱，免得让别人看到他的泪水。

狮子和小狗

伦敦举办野兽展览。只要是想看展览的人，要么得花钱买票，要么就得带上猫和狗，拿去喂野兽。

一个男人为了能去看看这些野生的猛兽，便将从街边抓到的一条小狗带去了动物园。当然，他得到了入场的机会，而那条小狗被当成食物扔进了狮子笼。

一开始，小狗吓得尾巴夹在两腿之间，躲在笼子的角落里。狮子走了过去，闻了闻它。

接着，这条小狗仰面翻身，爪子悬在空中，开始冲着狮子摇起尾巴。

狮子用爪子碰了碰小狗，将它翻过身来。

小狗跳了起来，接着又坐了下去。

狮子看着这只小动物，扭了扭自己的头，却并没有动小狗一下。

当园长给狮子扔来一些生肉时，它撕下一片肉，留给小狗吃。

到了晚上，当狮子躺下来睡觉时，小狗就躺在它身边，还把头枕在了狮子的爪子上。

从那以后，狮子和小狗就一直住在同一个笼子里。狮子从来没有伤害过小狗，只吃园长给的食物，还和小狗一起睡觉，甚至一起玩耍。

有一天，一位绅士来到了动物园，他认出

了这条小狗。他告诉园长，这是他的狗，他要将它带走。园长没有反对，准备将小狗归还给它的主人。然而当他们呼唤着小狗的名字，想要把它从笼子里带走时，狮子鬃毛倒竖着怒吼了起来。

小狗和狮子在这个笼子里共同生活了一整年。

一年后，小狗病了，它死了。狮子开始不再进食，只是不停地嗅着、舔着已经死去的小狗，用爪子轻轻碰着它。

当狮子终于明白小狗已经死亡时，它瞬间跳了起来，鬃毛高高竖起，尾巴甩来甩去拍打在身上，它将自己重重地向墙上摔去，还开始

啃咬笼子和地面。

整整一天，狮子不停地撞着笼子，怒吼着，然后它在小狗的尸体旁边躺了下来。园长想把小狗的尸体从笼子里拿走，然而狮子不允许任何人靠近。

人们以为，如果狮子能拥有另一条小狗，它就会忘记悲伤，于是园长把一条生龙活虎的小狗放进了笼子。然而狮子立刻就咬断了这条小狗的脖子，将它撕成了碎片。然后它用爪子搂着它已经死去的朋友，一动不动地躺了五天。

到了第六天，它也死了。

图书在版编目（CIP）数据

跳水 / (俄罗斯) 列夫·托尔斯泰著 ; (苏) 阿列克
谢·帕克霍莫夫绘 ; 刘原希译. -- 上海 : 中国中福会
出版社, 2023.6
（大作家写给孩子们 : 桥梁书版）
ISBN 978-7-5072-3551-7

Ⅰ.①跳… Ⅱ.①列… ②阿… ③刘… Ⅲ.①童话－
作品集－俄罗斯－近代 Ⅳ.①I512.88

中国国家版本馆 CIP 数据核字 (2023) 第 080718 号

跳水

著　　者：[俄] 列夫·托尔斯泰
绘　　者：[苏] 阿列克谢·帕克霍莫夫
译　　者：刘原希
项目统筹：尚　飞
责任编辑：康　华
特约编辑：王晓晨
装帧设计：墨白空间·李易
出版发行：中国中福会出版社
社　　址：上海市常熟路 157 号
邮　　编：200031
印　　刷：天津联城印刷有限公司
开　　本：880mm x 1230mm　1/32
字　　数：13 千字
印　　张：2.25
版　　次：2023 年 6 月第 1 版
印　　次：2023 年 6 月第 1 次
书　　号：978-7-5072-3551-7
定　　价：25.00 元

读者服务：reader@hinabook.com 188-1142-1266
投稿服务：onebook@hinabook.com 133-6631-2326
直销服务：buy@hinabook.com 133-6657-3072
网上订购：https://hinabook.tmall.com/(天猫官方直营店)

后浪出版咨询 (北京) 有限责任公司　版权所有，侵权必究
投诉信箱：copyright@hinabook.com fawu@hinabook.com
未经许可，不得以任何方式复制或者抄袭本书部分或全部内容
本书若有印、装质量问题，请与本公司联系调换，电话 010-64072833